U0944528

贾殿徐诗词精选

JIADIANXU SHICI JINGXUAN

贾殿徐 著

图书在版编目（CIP）数据

霞光轻照：贾殿徐诗词精选 / 贾殿徐著. — 北京：中国文史出版社，2020.1

ISBN 978-7-5205-1882-6

Ⅰ.①霞… Ⅱ.①贾… Ⅲ.①诗词 — 作品集 — 中国 — 当代 Ⅳ.①I227

中国版本图书馆CIP数据核字（2019）第285329号

责任编辑：张春霞

出版发行：**中国文史出版社**

社　　址：北京市海淀区西八里庄69号　邮编：100142

电　　话：010-81136606　81136602　81136603（发行部）

传　　真：010-81136655

印　　装：北京温林源印刷有限公司

经　　销：全国新华书店

开　　本：710mm × 1010mm　1/16

印　　张：13.25　　字数：140千字

版　　次：2020年4月第1版

印　　次：2020年4月第1次印刷

定　　价：52.80元

前言

诗词是中国文学宝库中的一颗明珠，几千年来，一直高悬于文学历史的长空，闪烁着夺目光彩。当人们身心疲惫之时，诗词就像是雨露滋润我们的心灵，给以精神的慰藉。

本书共收录诗词98首，诗词中或写景抒情表达人生感悟，或赠别怀人叙写情爱相思，或咏史怀古抒发爱国豪情，或咏物寄兴表现壮志理想……诗词绝大部分取材于亲身经历，把现实与浪漫结合在一起，朴素自然，洋溢着生活气息。

从2000年开始，讲授国际管理学已成为我的主要社会活动。20年来由于工作的原因，使我有机会接触到多行业、多层次的人士，其中不乏诗词行家和诗词爱好者。以诗为媒，以诗会友，交流的过程中使我受益匪浅，同时我也得到了很多鼓励。

近几年不少的学员和诗友建议我整理一部分诗词成书出版，这样可以达到与学员或朋友思想交流的目的，也是过去20年来生活、工作的记录。

成书绝非易事，在书稿的整理过程中，得到了骆君、朱克林、马振栋教授等的鼓励和帮助，他们提出了很多好的建议。张其文老战友为了帮我给书中《中秋之夜》配图，70多岁的老人迎着风浪，到我的军营旧址玉泉半岛拍照。诗以字存，华阳书院的创始人、书法家张运民老先生70多岁高龄，自愿无偿把书中的98首诗词全部用漂亮的隶书写出，工程繁重，劳苦功高，让我非常感动。在我整理修改诗词稿件，攻坚克难的时日，我可爱的小孙女雯雯出生了，我携带着喜庆迎接此书的出版，我想借此书出版的机会衷心地感谢过去在诗词创作和出版过程中给予我帮助的学员、老师和朋友。

旭光轻照雯雯来，轻柔多彩灿不烈。

希望该书的出版能够为读者增加知识和乐趣。

卷一　人生悟

母爱　/002
同窗聚　/004
我们这一代　/006
处事　/008
中秋战友聚会　/010
大女怨　/012
劝旅　/014
报务员　/016
聚餐　/018
农　/020
洛神　/022
人生高度　/024
蔡女愿　/026
雷达兵　/028
人生　/030
花时人生　/032
绣女怨　/034
归乡　/036
祭扫　/038
思念　/040
忧农　/042
客自远方来　/044
老教授　/046
露天舞会　/048
双星伴月　/050
渠首　/052
飞往俄罗斯　/054
晨鸟醒梦　/056

卷二　祖国颂

讲学在中国科学院　/060
研讨在航天员培训中心　/062
春满中原　/064
扶贫大别山　/066
铁路大提速　/068
黄河入海口　/070
博士后工作会议　/072
在天津大学　/074
太湖美　/076
围城望月　/078
闽地揽胜　/080
绿城春晓　/082
围城古今　/084
海底擒龙　/086

卷三　名胜游

西柏坡　/090
游屈子故居　/092
华阳书院　/094
杭州湾大桥　/096
黄河富宁夏　/098

游岳王庙 /100
范蠡山怀古 /102
贺兰山岩画 /104
霓光如意湖 /106
逛泰山 /108
夜色黄浦江 /110
逛浦东 /112
旅黔 /114
渔港 /116
游萤虫洞 /118
曦照雁荡 /120
登大青山 /122
草原 /124
原始森林游感 /126
罗托普亚温泉 /128
马利怀海湾 /130
皇后镇 /132

卷四 四季美

江南赏秋 /136
春雨 /138
春雪 /140
咏春 /142
沐春 /144
冬 /146
秋雨 /148
汴菊 /150
春绿太行 /152
中秋之夜 /154
香山春晚 /156
林海晨曲 /158
落花 /160
晨草 /162
入伏 /164
草原之夜 /166
菊颂 /168
白露 /170
月夜 /172
赏荷 /174
小暑 /176

卷五 唱晚辞

观沧海 /180
兴源湖夜步 /182
西江唱晚 /184
山村小景 /186
万峰湖唱晚 /188
山村唱晚 /190
孤桐 /192
雾霾 /194
月季 /196
蝶恋 /198
荷塘唱晚 /200
花仙子 /202
紫藤 /204

詩詞精選

卷一

人生悟

母爱

天已晓，婴睡熟。求生图存，进厂把工务。惊婴啼哭不忍出。急抹泪眵，揉腮捲耳怵。

情似海，婴需哺。度日如年，急急心焦煮。下班挤车回家路。抱儿欲吻，双眼泪先糊。

【写作背景】

母爱是人世间最大的爱，如大海包容一切，似朝霞给子女五彩。相当一部分哺乳期妇女务工上班，特别是在农民工妇女中广泛存在。

天空五彩云

母爱

求工忍腿婴急擠欲
熟把不揉疲年斑亮糊
睡厥哭眵似始下抱先
婴進啼泪情日煮路泪
晓孬婴抹怵度焦家眼
已圖惊急耳脯如回雙
天生务出携需急車吻

同窗聚

多年音信两茫茫，好同窗，无来往。旧思悠悠，年高更念想。绿城湖畔会旧友，悲白发，叹时光。

韶华不留少年郎。文革乱，学业荒。东风不度，理想变空想。法回人间春天到，云已开，天艳阳。

【写作背景】

作者与多年未来往的同窗相聚，“悲白发，叹时光”。感受到风华正茂的青年转眼间老了，人生苦短。

绿城湖畔会旧友

同窗聚

茫舊念舊光郎東空天陽
茫往更會時乘花變育挹
兩來高畔嘆少業想間天
信無華湖髮留學理人開
音窗聚城白不亂度回已
年同悠綠發華革不洽雲
多好思想友韶文風想到

我们这一代

脊梁坚如铁，坦然对日月。
双肩担道义，身心尽为国。
改革四十年，付出汗和血。
老不颐天年，但愿献余热。
苒苒时盈虚，盼龙飞天阙。

【写作背景】

作者属于中华人民共和国成立前后出生的一代人。经历了40年的改革开放。愿终生献身于祖国的复兴事业。

作者在老区扶贫时

我們這一代

脊梁堅如鐵坦然
對日月雙肩担道
義身心盡為國改
革四十年付出汗
和血老不顧天車
但憂獻余熱舞萬
時盈虚紛龍飛天
閱

处事

人生处事难，事多心不乱。
大事心不畏，小事不怠慢。
五味俱尝到，苦辣酸甜咸。
胸怀大能容，刚柔适严宽。

【写作背景】

人这一生不容易，可能会遇到各种事情，正确处事是素质，也是情操。

弥勒佛

處事

人生處事難事多心
不亂大事心不畏小
事不怠慢五味俱嘗
則苦辣酸甜咸胸懷
大能容剛柔適严寬

中秋战友聚会

五彩秋叶斑斓季，战友聚会湖心园。
共忆当年军旅路，风华英姿在七团。
雷达电波穿苍穹，贡献立功荧屏前。
祖国需要党安排，转业地方阵地换。
如今退休志未衰，互敬美酒祝康健。
品茗尝果谈兴废，千古高风论江山。
战友情深深似海，战友谊高高如山。

【写作背景】

中秋战友聚会，想当年，风华正茂，转业到地方视为岗位和阵地的转换。今天相聚，互敬美酒，祝愿健康长寿，幸福美满。

湖心岛

中秋戰友聚會

五彩繡葉斑斕季
戰友聚會湖心園
共憶當年軍旅路
風華英姿在七團
雷達電波穿蒼穹
貢獻青春熒屏前
祖國需要党安排
轉業地方陣地換
如今退休志未衰
互敬美酒祝康健
品茗喜果談興發
千古高風論泛西
戰友情深深似海
戰友誼高高如山

大女怨

京城大女八十万，三十未嫁多闺怨。
事业有成志向高，灼灼其华少浪漫。
鸟爱树木树有枝，吾恋君啊相知难。
婚路坎坷命多舛，时运不济对谁言。
转轴调音把弦拨，回房弹奏琵琶怨。
高楼霓虹秋月夜，寂寞红花锁深院。
红烛自怜无好计，一场愁梦柔肠断。

【写作背景】

作者从报纸上了解到，北京有30岁及以上尚未结婚的大龄女子80万人，事业有成志向高，华贵表下少浪漫的社会现实。婚姻也是民生，已经成为社会发展过程中的新矛盾。

孤鸟

大女兒

京城大女八十萬
三十未嫁多閨兒
事業有成志向高
灼灼其華少浪漫
爲愛樹木樹青枝
吾戀君啊相知難
婚路坎坷命多舛
時運不濟對誰言
轉軸調音把弦撥
回房彈奏琵琶兒
高樓霓虹秋月夜
寂寞紅花鎖深院
紅燭自憐無好計
一場愁夢柔腸斷

劝旅

万里长城今犹存，始皇永乐何处寻。
今日有酒今日醉，明天意外谁先临。
人生几何秋已深，踏遍美景莫辞频。
经济许可交通便，江山好处应留痕。

【写作背景】

作者喜欢旅游，走遍了祖国的名山大川，为祖国的大好河山而自豪。从旅游中，增长了知识，获得了乐趣，锻炼了身体，受益匪浅。

迎宾

勸孫

萬里長城今猶存
始皇永樂何處尋
今日青酒今日蘇
明天意水誰先臨
人生幾何秋已深
踏遍美景莫辭頻
經濟許宇交通便
江山好處處留痕

报务员

滴滴哒哒报声传，悦耳音乐听多年。
手握电键卫祖国，英姿风华雷达连。

【写作背景】

春节一位报务员老战友，以发报的形式，手握电键嘀嘀嗒嗒发来了祝福信息。老战友在部队时的发报形象浮现在眼前。

作者服役部队营址：玉岱半岛

報务員

滴滴噠噠報聲傳
悅耳音樂聽多年
手按電鍵衛祖國
英姿風華雷達連

聚餐

中秋气朗明月光，豪楼霓虹示吉祥。
十年茫茫今相聚，互敬美肴劝其尝。
玫瑰枣泥豆沙饼，各显风骚竞登场。
对酒当歌莫放杯，我做东家请举觞。

【注释】

觞：古代称酒杯。

【写作背景】

作者有几个老同学十年未见，在中秋的晚上聚餐。

中秋气朗

聚餐

中穐氣朗明月光
豪樓霓虹示吉祥
十年於花今相聚
互敬美肴歡共嘗
玫瑰棗泥豆沙餅
各色風騷竟登場
對酒當歌莫放盃
我做東家請舉觴

农

乌云重重雨意浓，农人急急忙春种。
土肥种植密收管，一犁春水盼年丰。
天道酬勤人不懒，今年花胜去年红。
如牛负重白双鬓，苦累只在笑谈中。

【写作背景】

乌云翻滚着，一场大雨即将来临，农民抢在雨前播种，为丰收打基础。

田地

農

濃种管豐懶紅鬟中
意脊收年不年雙懿
雨忙窖盼人公白呀
重忌植水勤勝重在
重急种春酬花負只
要人肥犁道年牛累
爲農土一天令如苦

洛神

二八甄女恋魏王，一死一生两茫茫。
山隐夕阳明月升，洛河静静水漾漾。
忽然阵阵香风来，神女飘落洛水上。
自称甄氏魂转世，龙舟会见心上王。
奉天承献洛神赋，千古吟诵美华章。

【写作背景】

君问天下兴废事，请君只看洛阳城。洛阳因南临洛水而得名，传说曹植有一恋人甄氏，英年早亡。《洛神赋》是天帝经过甄氏魂灵化作神女恩赐给曹植，成为千古传颂的美好华章。

洛水

洛神

二八甄女遷魏王
一死一生兩茫茫
山隱夕陽明月升
洛河靜靜水漾漾
忽然陣陣香風來
神女飄落洛水上
自稱甄氏魂轉去
龍舟會見以上之
奉天承獻洛神賦
千古吟誦美華章

人生高度

天鹅鸣叫在云端，它的声音八方传。
雄鹰疾飞如闪电，全靠双翼去奋展。
人生高度需攀登，路径曲折不平坦。
踏破坎坷成大道，人生高度搏后现。

【写作背景】

天鹅高飞在万米高空，雄鹰格局大视野宽，搏击全靠自己的羽翼。人生不易，要拼搏才能成功，争取价值的实现。价值是用对社会的贡献来衡量。

步步高升

人生高度

天鷲鳴叫在雲啼
它的聲音八方傳
雄鷹疾飛如閃電
全靠雙翼合奮展
人生高度需攀登
路徑曲折不平坦
踏破坎坷成大道
人生高度搏後現

蔡女愿

中秋月光照无眠，手扶瑶琴金丝弦。
弹吾胡笳十八拍，琴声悠悠曲凄婉。
故乡隔兮音尘绝，哭无声兮气将咽。
盼回圉城思洛都，东风迎我上青天。

【写作背景】

蔡文姬是东汉末年左中郎将蔡邕之女。《三字经》写道，“蔡文姬，能辨琴”。战乱中被羌人掳走并生二子。她著《胡笳十八拍》流传至今，影响深远。作者在圉城参观了蔡文姬纪念馆，被蔡文姬的才华和爱国情怀所感动。

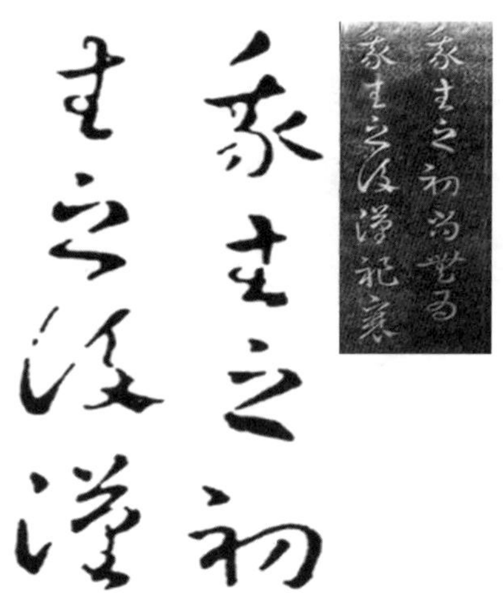

蔡文姬手迹

蔡女怨

中秋月光照無眠
手扶瑤琴金絲弦
彈吾胡笳十八拍
琴聲悠悠曲淒婉
故鄉隔兮音尘絕
哭無聲兮哀將咽
盼西園域思洛都
東風迎我上青天

雷达兵

八一军旗血染成，钢铁长城英雄兵。
保卫祖国是职责，军旅生涯最光荣。
荧光屏前显身手，雷达电波穿苍穹。
玉岱半岛是战场，敌机显形立战功。

【写作背景】

作者曾在济南空军某雷达连服役，先后操纵雷达，维修雷达。雷达兵作为人民军队的一个兵种，警戒着祖国的蓝天。

作者为雷达兵时的照片

雷達兵

八一軍旗血染成
鋼鐵長城英雄兵
保衛祖國是職責
軍旅生涯最光榮
熒光屏前顯身手
雷達電波穿蒼穹
天空半島是戰場
敵機顯形立戰功

人生

人生代代无尽期，岁月无痕人有迹。
决定成败三要素，内因外因加机遇。
桃花随风因太轻，杨絮逐流虚无力。
理想现实两相隔，踏实拼搏事业飞。

【写作背景】

人的一生不易，没有坦途，经过拼搏成功也是幸运。理想很美好，现实很骨感，应该说适合大部分人，肯拼搏，创造好内因、外因，等待机遇，而不要机遇来了不具备条件。

童问（作者的小孙女）

人生

人生代代無盡期
歲月無痕人有迹
决定成敗三要素
内因外因加机遇
桃花隨風因太輕
楊絮逐流垂無力
理想現實兩相隔
踏實拼搏事業飛

花时人生

三月桃花笑春风，卯月牡丹动京城。
七月荷放迎酷暑，腊月梅开傲霜冰。
天意莫测花不一，人间沧桑命难统。
芳草碧色飞花季，争春不输燕和莺。

【写作背景】

大自然不是人能左右的。花开季节不一，人生也不会一样。芳草碧色的春天里，应该有所作为，享受这美好的春光。

三月桃花

花時人生

三月桃花咲春風
四月牡丹動京城
七月荷放逝酷暑
臘月梅開傲霜冰
天意莫測花不一
人間滄桑命難說
芳草碧芝飛花季
爭春不輸燕和鶯

绣女怨

绣女颦眉面愁怅，天鹅栖息野鸭旁。
羡慕湖中鸯戏水，对对双双恩情长。
夜深露浓薄衣衫，谁能为我暖心房。
巧手年年压金线，何时绣出真鸳鸯。

【写作背景】

绣女婚中无爱，羡慕水中鸳鸯。巧手年年绣的鸳鸯活灵活现，但不知何时能获得真爱，像鸳鸯一样爱情绵长。

天鹅湖

繡女歎

繡女顰眉面愁悵
天鵝栖息野鴨旁
羨慕湖中鴛戲水
對對雙雙恩情長
夜深露濃薄衣衫
誰能爲我暖心房
巧手年年壓金綫
何時繡出真鴛鴦

归乡

游子归乡秋已深，残阳如血近黄昏。
故园多年成破壁，物非人空榆成林。

【写作背景】

深秋，残阳如血，黄昏时作者回到了阔别25年的故乡。

夕照院林

歸鄉

游子歸鄉秋已深
殘陽如血近黃昏
故園多年成破壁
物非人空柳成林

祭扫

感念眼泪湿流光，荒草萋萋痛断肠。
生是聚合死分解，无奈茫茫难思量。

【写作背景】

清明扫墓，看到亡故亲人一堆坟土上长满了荒草，联想到故人生前音容笑貌，悲从中来，眼泪打湿了眼眶。

寄托

祭掃

感念眼淚湿涼光
荒草萋萋痛斷腸
生是聚合死分解
無奈茫茫難思量

思念

日尽星月上，桂香霓灯亮。
风吹竹浪起，秋虫轻吟唱。
娇娥霓灯下，裙扬玉体凉。
颦眉不思归，望月玉兔忙。
欲归琴房去，知音不在旁。
思君千万里，寂寞夜茫茫。

【写作背景】

娇娥因与恋人相距远而不能见，思念和寂寞不断折磨着她。

桂香霓灯亮

思念

香淚嬌天歸歸在寂
桂竹唱揚思欲不里
上吹吟語不忙音萬
月風輕下肩免知千茫
星亮古燈顰天古君茫
盡燈秋亮涼月秀思夜
月亮起娥體望琴旁寞

忧农

三月的麦垅，流淌着春风。
几只小鸟儿，蹦跳在其中。
正是农忙时，田不见壮青。
民以食为天，忧农忘春情。

【写作背景】

作者去山东某粮食生产基地，闲时到田野散步。正是三月农忙时节，田中劳动者不见青壮年。

农田之夜

忧农

三月的麦垅流淌
着春风几只小鸟
欢蹦跳在其中正
是农忙时田不见
壮者民以食为天
忧农忘春情

客自远方来

春风携香扑满怀，情在云天外。
乘风万里美国来，为迎百花开。
从别后，谊未衰。俭装略倦态。
高雅气质博学才，论坛再出彩。

【写作背景】

在一次论坛会议上，作者与一位美国旧友再次相遇，作此诗以纪念彼此的友谊。

人在旅途

客自遠方來
春風攜香朴滿懷
情在雲天外乘風
萬里美國來爲逸
百花開從別後韻
未衰儀裝略倦姿
高雅氣質博學才
論壇再出彩

老教授

人生如梦，匆匆过客，自强不息度年月。美夕阳光辉灿烂，落红将天地涂色。

山高路遥，晓风残月，感伤别离为讲学。栽下桃李不争春，结下硕果尽为国。

【写作背景】

作者和一位老教授长期一起外出，感伤别离，为了科研与讲学，几十年硕果累累，栽下了桃李千万棵。虽然青春不在，年年向晚，仍希望在五彩斑斓的秋天点上一点秋色。

老教授

老教授

過來燦涂風為不盡
匆度輝地曉高李果
匆息究天運別桃傾
梦不陽將路陽下下
如猪夕征高感教結
生自美落山月學春國
人客月爛色殘講爭為

露天舞会

湖水漾漾月光摇，乐声起处手挽腰。
轻歌曼舞温馨夜，挚爱亲朋乐良宵。

【写作背景】

作者到上海讲学，公司在湖畔广场举办露天舞会。天空挂着圆月，放射出无边无际的光辉，使整个世界笼罩其中。

湖水漾漾月光摇

露天舞會

湖水漾漾月光摇
樂聲起處手挽腰
輕歌曼舞温馨夜
摯爱親朋樂通宵

双星伴月

晚霞散尽茫渺渺，双星伴月争相娇。
仰卧芳草观奇景，风送稻香闻虫闹。

【写作背景】

作者仰卧芳草，观双星伴月奇景。

双星伴月争相娇

雙星伴月

晚霞散盡茫渺渺
雙星伴月爭相嬌
仰臥芳草觀奇景
風送福香聞台開

渠首

北依范蠡岫，南靠老河口。
昔日沟壑地，今日渠之首。
万顷丹江库，水清景明秀。
调水润华北，功绩垂千秋。

【写作背景】

丹江水库北邻范蠡山，南傍老河口。曾经的沟壑地，今成中线调水渠首。

丹江水库

渠首

北依范蠡岫南排
老河口昔月沟壑
地今日渠之首萬
頃丹江庫水清景
明秀調水潤華北
功積垂千秋

飞往俄罗斯

举目碧无际，俯首白云低。
飞往俄罗斯，穿云心相许。
北斗导航路，风浩鹏正举。
翱翔天地间，旅游兼学习。

【写作背景】

作者乘坐宽大的国际航班，实现去俄罗斯旅游兼学习的愿望。

飞往俄罗斯

飛往俄羅斯
舉目碧無際
俯首向雲低
飛往俄羅斯
穿雲心相許
北斗導航路
風浩鵬正舉
翱翔天地間
旅遊兼學習

晨鸟醒梦

人生大半去即了，枫红菊妍深秋到。
遗憾我身非我有，忙忙碌碌欢娱少。
唧唧喳喳鸟乱语，惊我好梦无处找。
但愿人生今后事，自由自在身体好。

【写作背景】

作者卧室窗外有两棵泡桐树，鸟儿拂晓唧喳个不停，把作者吵醒。开会、讲学、写书往往睡得较晚，被鸟语打搅不免遗憾。

晨鸟

長爲醒夢

人生大半今卻了
楓紅菊妍深秋到
遺憾我身非我有
忙忙碌碌歡娛少
唧唧喳喳高亂語
惊我好夢無處找
但愿人生今後事
自由自在身體好

詩詞精選

卷二

祖国颂

讲学在中国科学院

优美神秘科技岛，一路通城环水抱。
科技第一生产力，中国科研担大要。
卫星遥感核物理，亿度创新世领跑。
科研质量要保证，质管体系须建好。
服务社会为根本，立项依据国需要。
领导作用要突出，过程方法要用好。
持续改进是灵魂，文化领先激励巧。

【写作背景】

作者曾到中国科学院讲学，得知在卫星遥感和核物理领域取得的巨大成就，又适逢该院新创造的亿度高温试验成功，得到国际认可，为伟大的祖国自豪，也为自己能为科技发展贡献微薄之力而欣慰。

中国科学院（物质研究院）

講學在

中國科學院

優美神秘科技島
一路通域環水抱
科技第一生產力
中國科研担大要
衛星遥感核物理
亿度創新走領跑
科研質量要保証
質管體系須建好
服務社會為根本
立項依据國需要
領導作用要突出
過程方法要用好
持續改進是靈魂
文化領先激勵巧

研讨在航天员培训中心

国之重器数卫星，现代科技集大成。
航员素质要求高，德体智勇全面行。
教育培训铸栋梁，管理体系应适应。
组织设置须合理，岗位责任制度成。
资源提供必须优，方法适宜程序清。
过程控制要到位，不符消灭过程中。

【写作背景】

作者应邀去航天员培训中心与相关人员研讨质量管理体系建立相关事宜。

航天城

研討在

航天員培訓中心
國之重器數衛星
現代科技集大成
航員素質要求高
德體智勇全面行
教育培訓鑄棟梁
管理體系應適應
組織設置須合理
崗位責任制度成
資源提供必須優
方法適宜程序清
過程控制要到位
不符消除過程中

春满中原

春风吹来满中原，芳草碧色百花妍。
郑州国定中心城，领引中原城市圈。
郑洛新是创新区，数据平台国家建。
物流中枢自贸区，航空港建世领先。
高速公路通各县，米字高铁快建完。
粮食生产核心区，全国人民大饭碗。
天道酬勤人心善，老树新枝大发展。

【写作背景】

河南已经占天时地利人和，发展进入快车道。

作者在进行管理培训

春滿中原

春風吹來滿中原
芳草碧色百花妍
鄭州國定中心城
領引中原城市圈
鄭洛新是創新區
數據平臺國家建
物流中樞自貿區
航空港建專領先
高速公路通各縣
米字高鐵快建完
糧食生產核心區
全國人民大飯碗
天道酬勤人心善
老樹新枝大發展

扶贫大别山

巍峨大别山区穷，国家扶贫重民生。
层峦叠嶂石岩岩，发展经济最为重。
被派培训三天课，联系实际摸社情。
重在发现关键点，提高管理有效性。
扶贫时处六月天，环境与前大不同。
老区重点力度大，中央地方努力中。

【写作背景】

大别山老区，是国家扶贫重点。作者为了讲好课，做到理论联系实际，进行了社会调查，以为老区负责的精神，表征了“使命”。

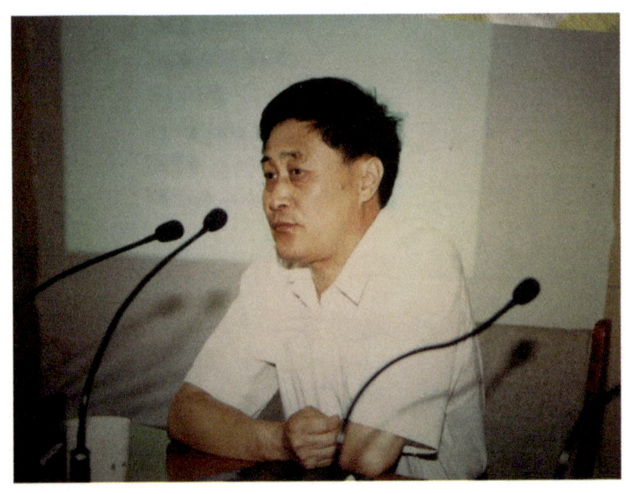

作者讲课

扶貧大別山

巍峨大別山區窮，
國家扶貧重民生。
層巒迭嶂石岩岩，
發展經濟最為重。
被派培訓三天課，
聯系實際摸社情。
重在發現關鍵點，
提高管理有效性。
扶貧時處六月天，
環境與前大不同。
老區重點力度大，
中央地方努力中。

书法中此处“迭”应为“叠”。

铁路大提速

中国铁路大提速，全面换装动车组。
科研创新是根本，巧用市场换技术。
引进消化再提高，先用轮轨后悬浮。
动力通讯要求高，管理体系要牢筑。

【写作背景】

中国铁路不到20年时速由60公里提高到300多公里，主要得益于两点：一是科研取得了巨大成果，市场引来国外技术合作；二是全面提高了管理水平。

复兴号动车组

鐵路大提速

中國鉄路大提速
全面換裝動車組
科研創新是根本
巧用市場換技术
引進消化再提高
先用輪軌復懸浮
動力通訊要求高
管理體系要牢筑

黄河入海口

黄河来自白云间，携沙造就万顷滩。
蛟龙入海六十里，黄蓝相接分水线。
群鸥远影碧空尽，天际出现船点点。
白鹤亮翅风电厂，蝌蚪起伏大油田。

【写作背景】

作者到黄河入海口一游，乘舟入海60里，看到了明显的黄蓝分水线奇观。海上碧空鸥影，轮船点点；滩上油机仰俯，风电机转。

河水海水交界线

黃河入海口

黃河來自白雲間
攜沙造就萬頃灘
蛟龍入海六十里
黃藍相接分水綫
群鷗遠影碧空盡
天際出現船點點
白鶴亮翅風電廠
蝌蚪起伏大油田

博士后工作会议

竞争实力人才先，博士高飞在云端。
云凤俯瞰可栖处，梧桐树下博后站。
不学夸父去追日，敢仿女娲来补天。
人生高度在贡献，价值重于学历前。

【写作背景】

作者应邀在河南省政府召开的博士后工作会议上，针对博士后的价值、作用、努力方向演讲。

云凤

博士後工作會議
竞爭實力人才先
博士高飛在雲端
嚞鳳俯瞰可栖處
梧桐樹下博後站
不學夸父去追日
敢傍女媧來補天
人生高度在貢献
价值重於學歷前

在天津大学

创建世界一流校，中华一大步步高。
管理体系是保障，教学科研双妖娆。

【写作背景】

19世纪末，中日海战，中国战败，为加强人才培养，成立北洋大学，也是天津大学的前身。新中国成立后天津大学有较大发展，是双创一流大学。

天津大学

在天津大學

創建世界一流校
年華一大步步高
管理體系是保障
教學科研雙妖嬈

太湖美

水涨花开相思处，得水得木美太湖。
梧桐松杉百花妍，湖浪拍岸溅花舞。
绿绿湖田白鹭飞，百啭流莺唱姑苏。
落叶时节蟹正肥，酒家笑对食客呼。
寒露秋种盼甘霖，雨连无锡夜潜入。
细水漾漾泛青萍，湾叉澄澄映苇芦。
湖州丝蚕走天下，太湖碧波清风舒。

【写作背景】

作者到无锡、苏州讲学，得闲对太湖景区深耕细游，被太湖美景陶醉。

太湖晨曦

太湖美

水漲花開相思愛
得水樹木美太湖
梧桐松杉百花妍
湖濱拍岸浪花舞
綠綠湖田白鷺飛
百囀流鶯唱姑蘇
落葉時鮮蟹正肥
酒家笑對食客呼
寒露秋種盼甘霖
雨連無錫夜潛入
細水漾漾泛青萍
灣又澄瀅映葦蘆
湖州超香走天下
太湖碧波清風靜

圉城望月

月洒圉城疑是霜，月移城头影短长。
月下郊野棉如雪，月闲寻来谷花香。
月皎栖鸟鸟不定，月映水稻稻翻浪。
月照浅云出彩锦，横空高悬九天上。

【写作背景】

圉城望月胜景有名，作者有缘在圉地看到“月照浅云出彩锦，横空高悬九天上”的美景。

云锦

圍城望月

月洒圍城疑是霜
月移城頭影短長
月下效野棉如雪
月間尋來谷花香
月皎棲鳥鳥不定
月映水稻稻翻浪
月照淺雲出彩錦
横空高懸九天上

闽地揽胜

眼饱武夷真国色，畅游闽江地上脉。
天热口渴喝红袍，湄州岛上听传说。

【写作背景】

武夷山美景养眼，国色天香。在闽江畅游是快事。大红袍茶之娇品。妈祖庙香火鼎盛。

闽地揽胜

閩地攬勝

眼飽武夷真圖色
暢游閩江地上脉
天熱口渴喝紅袍
湄洲島上聽傳說

绿城春晓

春晓白杨醒鹊鸦，鸟语透过绿窗纱。
天淡星稀留残月，碧天如水云成霞。
北雁掠过江河去，东湖滟滟南山嘉。
草木欣喜晓露浓，绿城无处不飞花。

【写作背景】

绿城（郑州）的春晓是朦胧美，恰似戴着面纱的少女，给人以想象和向往。龙湖滟滟，黄河如带，邙山头就像守卫黄河的卫兵。作者连讲几天课，身心疲惫，本想睡个懒觉，被窗外的鸟叫声惊醒。

绿城春晓

綠域春曉

鶯紗月霞含嘉濃花
驚窗殘夢河山露飛
醒綠留書江南曉不
楊過稀水過滟喜處
白透星如掠滟欣無
曉語從天雁湖木域
前焉天碧北東草綠

圉城古今

抗日斩倭建殊勋，解放战争供粮银。
国家重点粮基地，年供商粮七亿斤。
中华大蒜原产地，享誉世界守诚信。
新政舆情沸原野，红杏枝头满眼春。

【写作背景】

圉城现为河南杞县于镇，始建于春秋，兴盛于汉唐，250平方公里左右。圉城是国家粮食基地，中华大蒜原产地。人杰地灵，东汉才女蔡文姬、明末李闯王（自成）、谋士李信、北宋尚书宋祁皆是此地人。圉城老党寨抗日战争烈士陵园曾给5266名抗日烈士立碑撰文。

圉城郊景

圍城古今

抗日斬倭建殊勛
解放戰爭供糧銀
國家重點糧基地
年供商糧七億斤
中華大縣原產地
享譽世界守誠信
新政興精沸原野
紅杏枝頭滿眼前

海底擒龙

四海翻腾波涛涌，山接水茫彩霞红。
钻油平台入云霄，半潜半浮仙岛生。
任凭风吹和浪打，笑傲人生是油工。
钻透海底九千尺，铁壁合围擒油龙。

【写作背景】

作者到中海油讲学，有机会了解到海上钻井平台和石油工人的工作情况。一方面为我国先进的海上钻井设备和技术而自豪，另一方面对海上钻井工人的艰险劳作和敬业精神表示敬意。

海上钻油平台

海底擒龍

四海翻騰波濤湧
山接水茫彩霞紅
鉆油平臺入雲青
半潜半浮隱霧生
任凭風吹和浪打
笑傲人生是油工
鉆透海底九千尺
鐵壁合圍擒油龍

詩詞精選

卷三

名胜游

西柏坡

太行深处一村落，山谷水魂西柏坡。
中国革命的圣地，解放战争贡献多。
主席思想立指导，为民服务定本色。
指挥三战转乾坤，筹划建立共和国。

【写作背景】

西柏坡，山清水秀。中共中央和军委解放战争中后期所在地。作者到这里旅游。

西柏坡领袖塑像

西柏坡

太行深處一村落
山谷水魂西柏坡
中國革命的聖地
解放戰爭貢獻多
主席思想立指導
為民服務定本色
指揮三戰轉乾坤
籌划建立共和國

游屈子故居

橘国有幸生才郎，青山绿水是故乡。
屈子天问我问天，忠臣何易遭佞谤？
南后弄权君王昏，百姓遭殃国家伤。
楚国路漫求索难，离骚橘颂诉忠肠。

【写作背景】

作者在三峡景区，游览了屈原故居。

屈原故里橘园

郎鄉天譜晉陽難勝
居才故問侯王家索忠
故生是秋遺君國求許
手幸水問高權共漫須
屈有綠天何弄遺路桔
遊國山子臣泯姓國騷
桔青屈忠南百楚高

华阳书院

圣手运民书大家，华阳书院任潇洒。
笔耕不辍功夫到，心血书写字生华。
楷行草隶美如锦，字诗合璧万户挂。
身居高处声自远，二十省市影响大。

【写作背景】

张运民先生是书法家，华阳书院是其书法平台，20世纪60年代始致力于书法研写，挥毫泼墨五十多年，心血浇灌出字美其华，作品在北京、上海、广东、江苏、浙江、福建、山东、河南、河北、黑龙江、辽宁、内蒙古、安徽、天津、湖北等省市受欢迎，影响大。

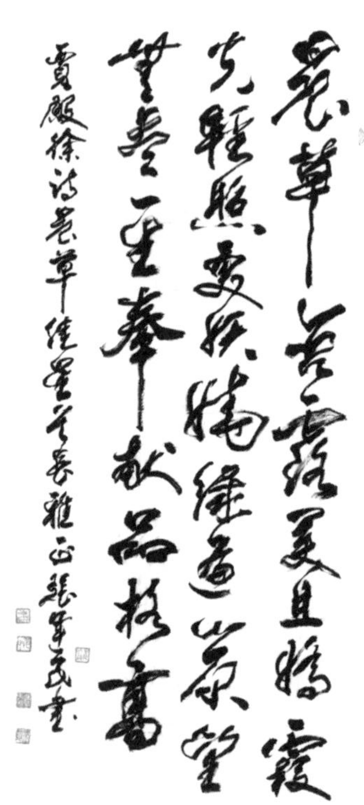

隶书

華陽書院

聖手運民書大家

華陽書院任瀟洒

筆耕不輟功夫到

心血書寫字生華

楷行草隸美名肆

字詩合璧萬戶掛

身居高處聲自遠

二十省市影响大

杭州湾大桥

七十里桥飞彩虹，正瞧凤舞侧成龙。
桥上车辆似流水，桥下滚滚海浪涌。
应邀吉利授课去，旅劳变成观风景。
往昔天堑一日路，今天通途半时程。

【写作背景】

35公里长的跨海大桥，横空出现在杭州湾上，正面看大桥像彩凤起舞，侧面看似飞龙飞架海空。桥架好前从上海去吉利汽车公司需时一天。桥通后过桥只需半个小时。

杭州湾大桥

杭州湾大橋

七十里橋飛彩虹
正瞧鳳舞側戲龍
橋上車輛似流水
橋下滾滾波浪涌
應邀吉利授課否
旅劳變成觀風景
往昔天塹一日路
今天通途半時程

黄河富宁夏

千里黄河宛如练，富甲一方塞上原。
枸杞享誉海内外，羊群如云云连天。

【写作背景】
黄河如练穿宁夏而过，黄河灌区富甲一方，民族团结，宁夏发展。

千里黄河宛如练

黄河富宁夏

千里黄河婉如练
富甲一方塞上原
枸杞享誉海内外
羊群如云云连天

书法中此处“婉”应为“宛”。

游岳王庙

三山一水杭州城，追求浮华成一梦。
虽有岳庙不护国，重文轻武梦成空。

【写作背景】

岳王庙坐落于风景秀丽的杭州城西子湖畔。作者曾到此一游。

岳王庙

遊岳王廟

三山一水杭州城
追求浮華成一夢
空有岳廟不护國
重文輕武夢家定

范蠡山怀古

旷世奇才扶倾厦，一代娇花献国家。
不恋权位不居功，至爱相携弄泥巴。

【写作背景】

作者去江苏宜兴，到范蠡山一游。宜兴是范蠡和西施隐居的地方。

范蠡山怀古

范蠡山懷古

曠世奇才扶傾厦
一代嬌花献國家
不恋權位不居功
至愛相携弄泛之

贺兰山岩画

巍巍贺兰耸入云，摩崖岩画先民魂。
千痕万迹存故事，后人有幸睹和吟。

【写作背景】

远古先人在贺兰山悬崖峭壁上留下的岩画，承载着先民的活动和事物，后人才有机会从岩画了解当时的历史。

摩崖岩画先民魂

賀蘭山岩畫

巍巍賀蘭聳入雲
摩崖岩畫先民魂
千痕萬迹存故事
後人有幸睹和聆

霓光如意湖

月明星稀浪拍岸，竹桃蘸水绽笑颜。
湾叉深深芦苇丛，水光接处舟绳拴。
风吹桂香沁心扉，情侣依依秀浪漫。
欣赏绿城今夜景，不见江南山水远。

【写作背景】

中秋的如意湖，桂花送香蛙声连，月下湖水在微风吹拂下轻轻地摇曳。情侣依依昭示着温馨的夜晚。

如意湖

霓光如意湖

月朗星稀波拍岸
竹桃蘸水綻笑顏
灣叉深深蘆葦叢
水光接霧舟飄搖
風吹桂香沁心扉
情侶依依秀波漫
欣賞綠城今夜景
不見江南山水迷

逛泰山

山高人为峰，伸手摘星辰。
古木蔽日月，耸入云海中。
巧遇天上仙，烹茶盼水腾。
青山不遮眼，缘在凌绝顶。

【写作背景】

作者到泰山旅游，被五岳独尊的泰山雄姿所震撼。登南天门举目远望，真是一览众山小。

泰山

逛泰山

山高人為峰伸手
摘星辰古木敝日
月年入雲滚中巧
遥天上僊烹茶盼
水騰青山不遮眼
緣在淺絶頂

书法中此处“敝”应为“蔽”。

夜色黄浦江

璧月初晴黛云轻，江堤小寒秋色浓。
霓虹闪烁点夜韵，汽笛声中江浪涌。
波光楼影鹃啼月，浦江潮水连海平。
云来月去霓更酷，云破月来楼弄影。
潮月共起绿波间，月落潮回沙痕生。
画舫碧涛秋水路，喜忧愁情浦江中。

【写作背景】

夜临黄浦江而居。晚餐后与一位老教授到江岸散步。月如银团，霓虹逞能，樟树望江无语，好像尽责的卫兵。一江碧水如画，夜景潇洒。

黄浦江夜景

輕濃韵滿月華酷影間生路中
江雲色在浪啼後更弄波痕水汀
浦黛秋點江鷗連霓樓綠沙秋浦
黃晴寒烁中影水合來起回濤情
色初小閃聲樓潮月月共潮碧愁
夜月堤虹笛光江來破月落舫靄
壁江霓汽波浦雲雲潮月畫喜

逛浦东

把酒迎江风，兔草随影。人车高楼上海城。与君明珠极目眺。遍游浦东。

聚散短匆匆，收获颇丰。天寒身暖赖酒红。相信来年景更好，再与君同。

【写作背景】

作者到上海与老友相聚，在东方明珠极目远眺并遍游浦东。感叹上海的变化。

浦江风韵

逛浦東

草又極聚頗酒更
危樓珠東獲賴景
風高明浦收腰年同
汝車君游匆身來君
迎人與遍匆寒信與
酒影城眺短天相弄
把隨夜目歡豐欣好

旅黔

细雨濛濛云悠悠，烟花四月下贵州。
风华苗寨显古韵，青山绿树隐台楼。
黄果飞瀑三千尺，恰似银河落霄九。
大小七孔绝胜景，美过川地小寨沟。

【写作背景】

烟花四月，作者到贵州旅游。

小七孔风光

旅黔

細雨濛濛雲悠悠
煙花四月下貴州
風華苗寨顯古韻
青山綠樹隱臺樓
黃果飛瀑三千尺
恰似銀河落霄九
大小七孔絶勝景
美過川地小寨溝

渔港

水声山色锁石塘，千船竞发赴大洋。
风浪险中求生存，渔民全凭网一张。

【写作背景】

石浦是东海边的渔港，开渔节千船竞发。渔民在波涛汹涌的大海上，出生入死，海中捞食。

千船竞发赴大洋

漁港

水聲山色鎖石塘
千船競發赴大洋
風浪險中求生存
漁民全凭网一張

游萤虫洞

世界奇迹萤虫洞，泉汇瀑集波浪涌。
层台高耸水帘挂，烟光摇摇凉风生。
乘舟牵缆入后洞，漆黑不见静无声。
渐行渐近灵境现，河变湖泊萤成星。
凌波缥缈孤舟影，恰似银河落九重。
湖水水深深几许？洞中萤星几时穷？
神秘深邃不可测，仿佛梦魂逛太空。

【写作背景】

新西兰的萤虫洞是世界级景观，作者有缘游览，洞中有河，船绕洞转，星光变幻，水波之上虚无缥缈，神秘而不可测。

新西兰萤虫洞

遊螢蟲洞

世界奇迹螢蟲洞
衆滙瀑集波浪湧
層疊高聳水簾挂
煙光搖搖涼風生
乘舟牽纜入後洞
漆黑不見静無聲
漸行漸近靈境現
河變湖泊螢成星
凌波縹緲孤舟影
恰似銀河落九重
湖水水深深幾許
洞中螢星疑侍窟
神秘深邃不可測
仿佛夢魂逛太空

曦照雁荡

东方旭日升，雾雨飞霓虹。
雁荡彩云里，晨曦满灵峰。
灵峰有奇石，石崖栖雄鹰。
雄鹰荆蔓路，晓露湿衣重。

【写作背景】

雁荡山位于浙江温州境内。灵峰奇石，灵岩飞渡，龙湫瀑布为雁荡三绝之一景。一个旭日东升的早晨，作者上山一游。

曦照雁荡

曦照雁蕩

東方旭日升霽雨
飛霓虹雁蕩彩霧
里晨曦涵靈峰靈
峰有奇石石崖栖
雄鷹雄鷹荆蔓路
晓露湿衣重

登大青山

天蓝蓝，树绿绿。秋色连波，一路山石奇。峻岭深谷危崖壁。飞瀑溪涧，水秀草木异。

嗅花香，闻鸟啼。云绕我飞，悠然拾台级。极目远望蒙天舒。羊云相连，草原无边际。

【写作背景】

作者到内蒙古克什克腾旗境内的大青山旅游。

内蒙古大青山

登大青山

秋石崖秀聞豎遠相
緣山危水香飛目雲際
緣路谷澗花秩極羊邊
樹一深溪嗅繞般舒無
叢波嶺瀑異壽憂天原
藍連峻飛木帘拾蒙草
天色奇壁草焉然望連

草原

天苍苍，野茫茫。草茂水清，风吹牛羊长。小伙马背鞭儿响。美丽草原，姑娘歌声亮。

天河长，月明亮。一溪风月，醉眠芦花香。蹦跳野兔觅食忙。和谐自然，万类生机盎。

【写作背景】

作者到内蒙古克什克腾大草原旅游。大草原一望无际，万种生物生机盎然。

内蒙古克什克腾大草原

草原

天蒼蒼野茫茫草
茂水清風吹牛羊
長小似馬游鞭兔
滿美麗草原結狼
詩聲亮天河昆月
明亮一漠風月醉
眠蓋花香蹦跳野
見覓食忙和諧育
然羣類生機盎

原始森林游感

混沌初开野茫茫，生命起源在洪荒。
自然进化低到高，优胜劣汰适者畅。

【写作背景】

作者到原始森林旅游，看到了不少的树木其貌不扬却有万年树龄，根据存在合理性的哲学定律，适宜生存是硬道理。

小兴安岭原始森林

原始森林遊感

混沌初開野茫茫
生命起源在洪荒
自然進化低到高
優勝劣汰適者暢

罗托普亚温泉

天地之间挂瀑布，雾气成云竞相逐。
温泉水滑洗凝脂，桑拿蒸浴百病无。

【写作背景】

新西兰罗托普亚温泉闻名于世，水从地下喷出，水柱高达十多米，远远望去，如大瀑挂天地。

雾气成云竞相逐

羅托普亞溫泉

天地之間挂瀑布
霧氣成書竟相逐
溫泉水滑洗凝脂
桑拿薰浴百病無

马利怀海湾

涛声如鼓金海湾，黑白相间斑马滩。
风鹤掠水千舟过，帆船之都奥克兰。

【写作背景】

奥克兰的马利怀海湾，距市中心约三十公里，作者曾到此一游。

马利怀海湾

湾灘過蘭
灣滾馬奔竞
淩金斑千輿
懷鼓習水龍
利如相掠之
馬聲白鶴船
濤黑風帆

皇后镇

皇后镇上无皇后，胜景佳地天下秀。
冬少霜雪夏无雹，温湿相宜空气透。
湖光山色树掩墅，鸟语花香竞风流。
天鹅野鸭水中戏，搅动湖光滟滟秋。
风吹彩叶雨打石，万籁天音流不休。
层台高挂瀑布练，奇云倚山飘不流。
镇上灯火齐放时，九霄明珠落平畴。

【写作背景】

新西兰皇后镇是世界上著名的三十大自然美景之一。湖光山色，空气清透，温湿相宜，堪称人间仙境。作者曾与同伴一行六人到此一游。

皇后镇湖

皇後鎮

皇後鎮上無皇後
勝景佳地天下秀
冬少霜雪夏無暑
溫濕相宜空氣透
湖光山色樹掩翠
鳥語花香竟風流
天驕野鴨水中戲
攬動湖光灩灩秋
風吹彩葉雨打石
萬籟天音流不休
層疊高挂瀑布練
奇雲倚山飄不流
鎮上燈火齊放時
九霄明珠落平疇

诗词精选

卷四

四季美

江南赏秋

深秋夕阳飞红霞，满目红叶伴黄花。
南京城头赏古迹，太湖散步绕堤沙。
品尝阳澄大闸蟹，靖江香芋顶呱呱。
吃过嘉兴豆沙粽，喝上杭州龙井茶。
三门海景心神怡，石塘目送渔船发。
天福山顶赏古树，遂昌金矿把井下。
雁荡索桥度闲步，江南秋景美天下。

【写作背景】

深秋的黄昏，西边天际飞舞着晚霞，作者乘高铁向江南疾驰。吴水秀，越山青，从南京到雁荡山各有千秋。江南秋景，多姿多彩。

无锡荣园

江南賞秋

深龝夕陽飛紅霞
滿目紅葉伴黄花
南京城頭賞古迹
太湖散步繞堤沙
品嘗陽澄大閘蟹
靖江香芋頂呱呱
亦過嘉興豆沙粽
喝上杭州龍井茶
三亞海景心神怡
石塘日送漁船發
天福山頂賞古樹
遂昌金礦把井下
雁蕩索橋度閑步
江南秋景美天下

春雨

纤纤春雨携轻冷，晨来夜半方消停。
蜂蝶惊觉翅膀沉，桥断舟来渡河成。
怜花爱柳应有度，一犁春水盼年丰。
润物备耕驱污霾，融入人间无限情。

【写作背景】

细细的春雨带来了寒意，从早晨下到半夜才停住。

桥

春雨

冷停沉寂度豐霾情
輕消膀河育年污限
攜方翅渡應盼驅無
雨半覺來柳水耕間
春在惊弄愛春備人
紆來蝶斷花犁物入
阡晨蜂橋怜一潤融

春雪

潇洒雪花穿院庭，驱霾润物静无声。
因嫌天暖春墒少，故扮晚冬兆年丰。

【写作背景】

三月已到中春，桃花盛开。一场不大不小的春雪，潇潇洒洒下了一夜。

春雪

春雪

瀟洒雪花穿院庭
驅霾潤物靜無聲
因嫌天暖春墒少
故扮晚冬兆年豐

咏春

春风有信又归来，和煦柔情万花开。
十九不寒杏花雨，湿径闲步印青苔。
转晴娇云碧空渡，天接斜阳地上脉。
蜂飞蝶舞莺啼啭，扑花掠水燕自在。

【写作背景】

作者带着三岁的孙女在花园幽径散步。春风不寒，碧空娇云，百花盛开。孙女肩扛小网，生机勃勃，娇媚鲜丽。一幅生机勃勃的春天画图。

作者的小孙女

咏春

春風有信又歸来
和煦柔情萬花開
十九不寒杏花雨
濕徑閒步印青苔
轉晴嬉書碧空渡
天接斜陽地上脉
蜂飛蝶舞鶯啼囀
扑華撩水燕自在

沐春

草木吐绿花送香，雨雾春明溪水漾。
燕飞蝶舞莺啭啼，潇洒蜜蜂吮琼浆。
望山不尽水无涯，远处山光近水光。
春风夕阳不受管，觅得老牛在犁旁。

【写作背景】

芳草碧色飞花季，春风和煦，夕阳下的山坡上，劳累的耕牛卧在犁旁休息。

湖水漾漾

沐春

草木吐綠花送香
雨霽春明溪水漾
燕飛蝶舞鶯囀啼
瀟洒客蜂吹瓊漿
望山不盡水無涯
遠霧山光近水光
春風夕陽不憂管
覓得老牛在犁旁

冬

北风吹卷天地冷，鸟为觅食落院庭。
千里冰封河失滔，万里雪原冬意浓。
屋檐排排挂流凌，裘衣不暖锦衾轻。
冰场少年溜技巧，小院梅雪香色融。

【写作背景】

北风吹得天寒地冻，裘衾不暖，鸟儿缺食。小院里蜡梅傲雪独放，香气融融。

雪景

冬

北風吹卷天地冷
鳥為覓食落院庭
千里冰封河失溜
萬里雪原冬意濃
屋檐排排挂深淺
蓑衣不暖錦衾輕
冰場少年溜技巧
小院梅雪香色融

秋雨

草木仰俯伴风声，潇潇秋雨已轻冷。
粼粼细浪滚径溪，晨来无歇夜未定。
雨打树林鸟不定，落花湿絮咕咕声。
夜饮杜康排寂寞，醉卧孤枕梦雨情。

【写作背景】

时入中秋，早晨风起雨来，直到夜间仍滴滴答答未见消停。

秋雨绵绵

聽雨

聲冷滴定定聲寒晴
風輕搖未不咕寂雨
伴已滾植焉咕排夢
俯雨復歇林菜康枕
仰秋細無樹濕杜孤
木瀟蕭來打花飲臥
草瀟蕭晨雨落夜醉

汴菊

风雨潇潇霜叶下，一花独放百花煞。
独立寒秋竞风流，汴地到处黄金甲。
千年人人结菊缘，古都育出菊文化。
诗文词赋咏菊会，心与菊花共生发。

【写作背景】

作者在汴梁（开封）参观菊展。菊花迎风傲霜，千姿百态，占尽风流，汴地处处黄金甲。心花受菊花感染也怒放起来。

汴菊

汴菊

風雨瀟瀟霜葉下
一花獨放百花殺
獨立寒穐亮風流
汴地到處黃金甲
千年人人結菊緣
古龍育出菊文化
詩文詞賦咏菊會
心與菊花共生發

春绿太行

一年一度春风回，吹绿太行满眼翠。
登顶送雁北飞去，踏青山坡丰收归。
喜挖野菜一小袋，大厨艺高成美味。
觅得窗前一小桌，拱手邀君成双醉。

【写作背景】

作者到太行山深处的一个企业讲学，课闲登山，顺便挖了野菜。

春绿太行

春綠太行

一年一度春風回
吹綠太行滿眼翠
登頂送雁北飛去
踏青山坡豐收歸
喜挖野菜一小袋
大廚藝高成美味
覓得窗前一小桌
拱手邀君成雙醉

中秋之夜

中秋气爽天，明月十五圆。
风拂河柳琴，浪涌海岸滩。
桂香沁心扉，夜幕遮浪漫。
抱得秋情睡，梦中笑声甜。

【写作背景】

中秋节之夜，作者重回多年前所在部队驻地玉岱半岛。皎月当空，在金海滩散步，享受着现在的美景和对过去的回忆。回到宾馆后甜甜入梦。

作者服役部队营址：玉岱半岛

中秋之夜

中秋氣爽天明月
十五圓風拂河柳
琴瑟湧波畔淮桂
香沁心扉夜幕遠
浪漫抱得秋情歷
夢中笑聲甜

香山春晚

九九春分至，香山讲学时。
残雪冬去晚，风冷春迟迟。
草绿尖尖角，河柳吐新丝。
北飞人字阵，春来雁先知。

【写作背景】

香山脚下，残雪未化，草绿尖角，柳吐新丝，大雁北飞，昭示着已进入了春天。

北京香山

香山春曉

山谷草吹陣
香冬还柳字
笑雪迟河人知
分殘前角飛先
春詩冷尖北雁
九學風尖起來
九講曉綠新春

林海晨曲

山托朝阳升，晚霞舞晨空。
仰望南山树，万木披彩虹。
雨后空气新，花蔓送香风。
林深藏歌鸟，群山动万灵。

【写作背景】

小兴安岭位处中国东北边陲，被原始森林覆盖。夜下大雨，早起作者被景物陶醉。

林海晨曲

林海晨曲

山托朝陽升曉霞
舞晨空仰望南山
樹萬木披彩飲雨
後空氣新花蔓逐
香風林深藏歌鳥
群山動萬壑

落花

春和景明艳阳天，花儿朵朵枝头绽。
暮时风狂雨又横，花落媚去风流完。
好在繁衍根枝在，春色暂去还会还。
投诉青帝到天庭，尽职不到花伤残。

【写作背景】

中春三月，正是芳草碧色飞花季，黄昏的一场风雨使百花遭受了灭顶之灾。

残花败叶

落花

春和景明艷陽天
花開朵朵枝頭綻
暮時風狂雨又橫
花落媚容風流完
好在繁衍根枝在
青色暫去還會還
投許春帝到天庭
盡職不到花傷殘

晨草

晨草含露美且娇，霞光轻照更妖娆。
绿遍山原望无尽，牛羊马兔任逍遥。

【写作背景】

作者有挚友，低调做人，自称为“草”。勤劳奉献，平凡而品高。

晨草含露媚且娇

晨草

晨草含露美且嬌
霞光輕照更妖嬈
綠遍山原笑無盡
牛羊馬兔任逍遙

入伏

伏天到，蝉鸣急。酷夏烈日，路上行人稀。池塘青蛙深潜去。鸟蜂归巢，歇息不见飞。

紫荆湖，岸柳绿。碧水青莲，映日荷花丽。莲依轻浪无隔离。蜓立荷尖，风卷圆叶起。

【写作背景】

入伏了，天酷热，夏蝉鸣叫得急促有力，行人稀少。紫荆湖岸绿柳依依，湖中荷花盛开，作者坐在树下避暑观荷。

莲依轻浪无隔离

入伏

酷人潛息昕映軒荷
急行深歐湖蓮依立起
鳴上蛙巢荊青蓮挺葉
蟬路青歸紫水麗亭圓
到日塘蜂飛碧花隔卷
天然池鳥見綠荷無風
伏夏稀去不柳月浪尖

草原之夜

繁星弯月，草原蚊虫，羊肉奶茶美酒盅。蒙古包里主待客，轻歌曼舞笛琴声。

马背民族，游牧为生，成吉思汗真英雄。蒙古铁骑踏欧亚，自古帝国骨砌成。

【写作背景】

草原之夜，成吉思汗巨型雕像脚下，一个硕大的蒙古包内，一场招待会正在进行。歌舞升平的气氛，蒙古族人的热情好客和帐外成吉思汗的威严军阵雕塑像形成了落差。

成吉思汗军阵雕像

草原之夜

繁星弯月草原敖
包羊肉奶茶美酒
尽蒙古包里呈诗
客轻歌漫舞笛琴
声马背民族游牧
为生成吉思汗真
英雄蒙古铁马踏
欧亚自古帝国骨
彻成

书法中此处“漫”应为“曼”；“马”应该为“骑”。

菊颂

北风冷，雾霾重，黄叶飘落无蝉鸣，景色半凋零。
菊花开，菊花俏，一花独放百花消，骨傲品更高。

【写作背景】

深秋，北风携带寒意，万物半凋零。菊花千姿百态，娇媚争妍。

菊花俏

菊頌

黄景開致变
重儒花獨品
霜蟬菊花傲
霧無零一骨
冷落凋俏消
風飄半花花
北葉老菊百高

白露

白露时节滚玉珠，滋润土木，灿烂秋景枯。无风湿叶落不舞，片片堆放树荫处。

夜茫茫流萤飞度，草虫唧唧，不定鸟咕咕。紫藤树下我独处，讲学受累不觉苦。

【写作背景】

白露时节，飒飒秋风凉，遍地秋花香。讲了一天课，作者站在紫藤树下，夜色茫茫，静静地听着虫吟，心情安逸没觉得苦。

灿烂秋景酷

白露

白露時節滾玉珠
滋潤大木燦爛秋
景枯無風濕葉落
不舞片片摧殘樹
陰霧夜茫茫涼蕾
飛度草香唧唧不
定鳥咕咕京滕對
下枝獨處講學受
累不覺苦

月夜

月明星稀茫苍苍，万灵归巢入梦乡。
不眠信步赏夜景，无语神思心飞翔。
萤虫飘舞运河岸，细风轻点莲花塘。
彩云圈月胜春色，明朝又是好风光。

【写作背景】

作者到无锡讲学，所住宾馆紧傍大运河。三伏盛夏的晚上，作者在河岸散步。

彩云圈月胜春色

月夜

蒼鄉景翔岸塘色光
蒼夢直飛河花香風
泛入賞心運蓮勝好
稀巢步思舞點月是
星歸信神飄輕圓又
明盡眠語古風雲朝
月萬不無管細彩明

赏荷

烈日当头火炎炎，湖边樟树隐歌蝉。
坐定荫下观风景，莲花一朵赏江南。

【写作背景】

三伏盛夏，作者在无锡太湖岸边，找荫下石头坐定，欣赏湖中盛开的莲花。

莲花一朵

賞荷

烈日當頭火炎炎
湖邊樟樹隱歌蟬
坐定陰下觀風景
蓮花一朵賞江南

小暑

烈日炎炎瓦云高，赏莲清姿听蝉叫。
身倚绿荫眠一刻，飞燕掠耳惊好觉。

【写作背景】

白云飘飘的盛夏，作者在湖里游泳后，身倚岸椅想小睡一会儿，却被小燕子给搅了，遗憾中带有快活。

烈日炎炎瓦云高

小暑

烈日炎炎瓦云高，
赏莲清姿听蝉叫。
身倚绿荫眠一刻，
飞蒸掠耳惊好觉。